D0658961

Collection folio junior

dirigée par
Jean-Olivier Héron
et Pierre Marchand

C'est au pays de Galles que **Roald Dahl** est né. Ses parents étaient norvégiens.

Il passa sa jeunesse en Angleterre et, à l'âge de dix-huit ans, part pour l'Afrique, où il travaille dans une compagnie pétrolière. Pendant la Seconde Guerre mondiale, il est pilote de chasse dans la Royal Air Force.

Il se marie en 1952, et a maintenant quatre enfants.

Après toutes ces aventures, Roald Dahl s'est mis à écrire des histoires souvent insolites comme *James et la Grosse Pêche, Charlie et la Chocolaterie,* ou humoristiques comme *Fantastique Maître Renard, Les Deux Gredins,* toutes publiées dans la collection « Folio Junior ».

Quentin Blake est l'un des illustrateurs anglais les plus célèbres et les plus féconds. Il a illustré plus de cent livres et travaille avec les plus grands écrivains britanniques. Il est en outre directeur du département « Illustration » du Royal College of Art, l'équivalent londonien de nos Beaux-Arts. Ses journées sont donc si bien remplies que ce n'est que le soir qu'il peut retrouver sa table à dessin et se livrer avec humour et entrain à la création de tous ses personnages. A le rencontrer dans les librairies, dans les galeries ou à Beaubourg (où il est très souvent invité), à quatre pattes au milieu des enfants, des crayons de couleur et des feuilles de papier, comment imaginer un si sérieux professeur et si célèbre illustrateur ?

Roald Dahl

La potion magique de Georges Bouillon

*Traduit de l'anglais
par Marie-Raymond Farré*

Illustrations de Quentin Blake

Gallimard

Titre original :
George's marvellous medicine.

*Ce livre est dédié à
tous les médecins.*

Grandma

Un samedi matin, la mère de Georges Bouillon dit à son fils :

— Je vais faire des courses au village. Sois sage et ne fais pas de bêtises.

Voilà exactement ce qu'il ne faut pas dire à un petit garçon, car cela lui donne aussitôt l'idée d'en faire !

— Et à onze heures, n'oublie pas de donner sa potion à Grandma, poursuivit la mère.

Puis elle sortit en refermant la porte.

Grandma, qui sommeillait dans son fauteuil, près de la fenêtre, ouvrit un petit œil méchant.

— Tu as entendu ce qu'a dit ta mère, Georges, aboya-t-elle. N'oublie pas ma potion.

— Non, Grandma, dit Georges.

— Et pour une fois, sois sage tant qu'elle n'est pas là.

— Oui, Grandma, dit Georges.

Georges s'ennuyait à mourir. Il n'avait ni frère ni sœur. Son père était fermier et, comme la ferme était loin de tout, Georges n'avait pas d'amis avec qui jouer. Il en avait assez de contempler les cochons, les poules, les vaches et les moutons. Et surtout, il en avait par-dessus la tête de vivre dans la même maison que cette vieille ourse mal léchée de Grandma. Passer son samedi matin à s'occuper d'elle ne le réjouissait guère.

— Prépare-moi une petite tasse de thé, dit Grandma à Georges. Ça t'empêchera de faire des bêtises pendant un moment.

— Oui, Grandma, répondit Georges.

Georges n'y pouvait rien, il détestait Grandma. C'était une vieille femme grincheuse et égoïste qui avait des dents jaunâtres et une petite bouche toute ridée comme le derrière d'un chien.

— Combien de cuillerées de sucre dans ton thé, aujourd'hui, Grandma ? demanda Georges.

— Une, répondit-elle sèchement. Et n'ajoute pas de lait.

La plupart des grand-mères sont d'adorables vieilles dames, gentilles et serviables, mais pas celle-la. Elle passait sa journée, toutes ses journées, assise dans son fauteuil, près de la fenêtre et elle était tout le temps en train de se plaindre, de bougonner, de ronchonner, de râler et de pester sur tout et sur rien. Jamais, même dans ses bons jours, elle n'avait souri à Georges, jamais elle ne lui avait dit : « Bonjour, Georges, comment ça va ? » ni : « Et si on jouait au jeu de l'oie ? » ni : « Comment ça s'est passé à l'école aujourd'hui ? » Elle ne s'intéressait qu'à elle. C'était une affreuse vieille mégère.

Georges alla à la cuisine et prépara une tasse de thé avec un sachet. Il mit une cuillerée de sucre en poudre, remua et apporta la tasse dans la salle de séjour.

Grandma but une petite gorgée de thé.

— Il n'est pas assez sucré, dit-elle. Ajoute un peu de sucre.

Georges ramena la tasse dans la cuisine et ajouta une autre cuillerée de sucre. Puis il remua et rapporta la tasse à Grandma.

— Où est la soucoupe ? demanda-t-elle. Je veux une soucoupe avec ma tasse.

Georges partit chercher une soucoupe.

— Et la cuillère, s'il te plaît ?

— J'ai remué pour toi, Grandma. J'ai bien remué.

— Merci bien, je remue mon thé, moi-même, dit-elle. Va me chercher une cuillère.

Georges alla chercher la cuillère.

Quand les parents de Georges étaient à la maison, Grandma ne se montrait jamais aussi capricieuse. Mais quand elle restait seule avec lui, elle le rudoyait sans cesse.

— Tu sais ce qui ne va pas, chez toi ? dit la vieille femme, en regardant Georges de ses petits yeux brillant de méchanceté. Tu grandis trop vite. Les garçons qui grandissent trop vite deviennent stupides et paresseux.

— Mais je n'y peux rien, Grandma, répliqua Georges.

— Si, tu peux, coupa-t-elle. Grandir est une sale manie des enfants.

— Mais on doit grandir, Grandma. Si on ne grandit pas, on ne devient jamais une grande personne.

— C'est idiot, mon garçon, dit-elle. Idiot. Regarde-moi. Est-ce que je grandis, moi ? Sûrement pas.

— Mais tu as grandi autrefois, Grandma.

— Un petit peu seulement, dit la vieille femme. J'ai cessé de grandir quand j'étais toute petite. Et je me suis débarrassée ainsi de tous les vilains défauts des gosses : la paresse, la désobéissance, la gourmandise, la saleté, le désordre et la stupidité. En as-tu fait autant, toi ?

— Je ne suis encore qu'un petit garçon, Grandma.

— Tu as huit ans, dit-elle en reniflant. Tu es assez vieux pour savoir ça. Si tu n'arrêtes pas de grandir, ce sera trop tard.

— Trop tard pour quoi, Grandma ?

— Question ridicule, répondit-elle. Tu es déjà presque aussi grand que moi.

Georges regarda attentivement Grandma. Elle était véritablement minuscule. Ses jambes étaient si courtes qu'il lui fallait un tabouret pour poser ses pieds, et sa tête n'arrivait qu'à la moitié du dossier de son fauteuil.

— Papa m'a dit que c'était bien pour un homme d'être grand, dit Georges.

— N'écoute pas ton papa, dit Grandma. Ecoute-moi.

— Mais, comment faire pour ne plus grandir ? demanda Georges.

— Mange moins de chocolat, répondit Grandma.

— Le chocolat fait grandir ?

— Il fait grandir dans la mauvaise direction, aboya-t-elle. Vers le haut et non vers le bas !

Grandma but quelques gorgées de son thé, sans quitter des yeux le petit garçon.

— *Jamais vers le haut, toujours vers le bas !* répéta-t-elle.

— Oui, Grandma.

— Et ne mange plus du chocolat. Mange plutôt du chou.

— Du chou ? Oh, non ! protesta Georges. Je n'aime pas le chou.

— Que tu aimes ou pas, peu importe, coupa Grandma. Ce qui compte, c'est ce qui est bon pour toi. A partir de maintenant, tu mangeras du chou trois fois par jour. Des montagnes de choux. Et tant mieux s'il y a des chenilles !

— Beurk ! fit Georges.

— Les chenilles rendent intelligent, dit la vieille femme.

— Maman lave soigneusement les feuilles de chou, répliqua Georges.

— Maman est aussi idiote que toi, affirma Grandma. Le chou n'a aucun goût sans quelques chenilles bouillies, ni sans limaces.

— Des limaces, non ! s'écria Georges. Jamais je n'en mangerai !

— Moi, dit Grandma, quand je vois une limace vivante sur une feuille de salade, je l'avale aussitôt, avant qu'elle ne s'enfuie. C'est délicieux.

Elle pinça les lèvres et sa bouche devint une petite fente plissée.

— Mmm, délicieux, reprit-elle. Les vers, les limaces, les punaises, les insectes... Tu ne sais pas ce qui est bon !

— Tu plaisantes, Grandma ?

— Je ne plaisante jamais, dit-elle. Les scarabées sont peut-être encore meilleurs. Ils croustillent sous la dent.

— Grandma, c'est dégoûtant !

La vieille mégère sourit en montrant ses dents jaunâtres.

— Quelquefois, poursuivit-elle, avec un peu de chance, on découvre un hanneton entre deux feuilles de céleri. C'est ainsi que je les aime !

— Grandma ! comment peux-tu... ?

— On découvre toutes sortes de bonnes choses dans le céleri-rave, continua la vieille femme. Parfois des perce-oreilles !

— Je ne veux plus écouter ces horreurs ! cria Georges.

— Un gros et gras perce-oreille, c'est vraiment un mets succulent, dit Grandma en se léchant les babines. Mais il faut aller vite, mon petit, quand on en introduit un dans sa bouche. Il porte deux pinces pointues à l'extrémité de son abdomen, et s'il t'attrape la langue, il ne la lâche plus. Alors, il faut le mordre, *crac crac*, avant que lui ne te morde.

Georges se mit à filer vers la porte. Il voulait fuir loin de cette écœurante vieille femme.

— Tu essaies de t'enfuir, n'est-ce pas ? dit-elle en pointant son doigt vers lui. Tu veux abandonner ta Grandma.

Près de la porte, le petit Georges fixait la vieille mégère. Elle le fixait, elle aussi.

« C'est peut-être... une *sorcière* ! » se dit Georges. Il avait toujours pensé que les sorcières n'existaient que dans les contes de fées mais, à présent, il n'en était pas sûr.

— Approche-toi, petit, dit-elle, lui faisant signe de son doigt crochu. Approche-toi, et je te confierai des secrets...

Georges ne bougea pas.

Grandma non plus.

— Je connais de nombreux secrets, reprit-elle en souriant. (C'était un petit sourire glacial, le sourire d'un serpent qui va mordre.) Approche-toi de Grandma. Elle te chuchotera des secrets.

Georges recula d'un pas, se rapprochant un peu plus de la porte.

— Tu ne dois pas avoir peur de ta vieille Grandma, dit-elle, avec un sourire sinistre.

Georges fit un autre pas en arrière.

— Certains d'entre nous..., dit-elle. (Tout à coup, elle se pencha en avant et se mit à chuchoter d'une voix gutturale que Georges n'avait jamais entendue.) Certains d'entre nous ont des pouvoirs magiques, qui peuvent transformer les créatures humaines...

Un picotement électrique parcourut la colonne vertébrale de Georges. Il commençait à avoir peur.

— Certains d'entre nous, continua la vieille sorcière, ont du feu au bout de la langue, des étincelles dans le ventre et des éclairs au bout des doigts... Certains connaissent des secrets qui te feraient dresser les cheveux sur la tête et jaillir les yeux hors des orbites...

Georges voulait fuir, mais ses pieds semblaient collés au sol.

— Nous savons comment faire tomber les ongles et faire pousser des dents au bout des doigts...

Georges tremblait. Ce qui l'effrayait le plus, c'était le visage de Grandma, son sourire figé et ses yeux brillants qui ne cillaient pas.

— Nous savons ce qu'il faut faire pour que tu te réveilles un beau matin avec une longue queue par-derrière.

— Grandma, arrête ! s'écria-t-il.

— Nous connaissons des endroits lugubres où grouillent, rampent et se tortillent de sinistres bêtes molles...

Georges fonça vers la porte.

— Tu peux toujours courir, dit-elle, tu ne nous échapperas pas...

Georges claqua la porte derrière lui et se réfugia dans la cuisine.

Un plan diabolique

Georges s'assit à la table de la cuisine. Il tremblait encore. Oh ! comme il détestait Grandma ! Il haïssait vraiment cette horrible vieille sorcière. Et tout à coup, il eut terriblement envie de faire quelque chose. Une chose énorme. Une chose absolument terrifiante. Une chose abominable. Une véritable bombe. Il voulait chasser cette odeur de sorcellerie qui flottait autour de la mégère. Il n'avait que huit ans, certes, mais c'était un courageux petit garçon. Il était prêt à défier la sorcière !

« Je ne vais pas me laisser terroriser », se dit-il.

Mais il était bel et bien terrorisé. C'est pourquoi il voulait se débarrasser d'elle sur-le-champ.

Enfin... pas tout à fait. Il voulait la secouer un peu.

Exactement, la *secouer*. Mais qu'inventer d'énorme, de terrifiant, d'explosif ?

Il aurait bien mis un pétard sous le fauteuil, mais il n'avait pas de pétard.

Il aurait bien aimé lui glisser un long serpent vert dans le cou, mais il n'avait pas de long serpent vert.

Il aurait bien aimé lâcher six gros rats noirs dans la pièce où elle se trouvait, mais il n'avait pas six gros rats noirs.

Georges réfléchissait à ce passionnant problème, lorsque son regard tomba sur la potion brunâtre de Grandma, posée sur le buffet. Encore un sale truc. On glissait dans la bouche de Grandma une cuillerée de ce médicament quatre fois par jour, mais il ne lui faisait aucun bien. Elle restait toujours aussi épouvantable. En principe, un médicament doit améliorer la santé des gens. S'il n'y réussit pas, il ne sert à rien.

« Oh ! oh ! pensa soudain Georges. Ah ! ah ! Eh ! eh ! je sais exactement ce que je vais faire. Je vais lui préparer une nouvelle potion, une potion si forte, si violente et si fantastique qu'elle la guérira complètement

ou lui fera sauter la cervelle ! Je fabriquerai une potion magique, un médicament qu'aucun médecin n'a inventé jusqu'à présent. »

Georges regarda l'horloge de la cuisine. Il était dix heures cinq. Il avait presque une heure devant lui, puisque Grandma devait prendre son médicament à onze heures.

— Allons-y ! s'écria Georges en se levant d'un bond. Vive la potion magique !

Une puce, un pou, une punaise des bois,
Deux gros escargots et trois lézards gras,
Un serpent de mer tortillant gluant,
Du jujubier le jus du fruit,
La poudre d'os d'un marsupilami,
Et puis mille et un autres produits.
Sentez-vous ? Vraiment répugnant.
Je remue, fais bouillir longtemps.
Belle mixture, en vérité !
C'est prêt !
Bouchez-vous le nez !
Et une cuillerée pour Grandma !
Allons, avale-moi ça !
C'est bon, n'est-ce pas ?
Va-t-elle éclater ? Exploser ?
S'envoler par-dessus les toits ?
S'évanouir dans la fumée ?
Pétiller comme du Coca ?
Qui sait ? En tout cas, pas moi !
Ma chère, chère Grand-maman,
Si tu savais ce qui t'attend...

Premiers ingrédients

Georges prit un énorme chaudron dans le placard de la cuisine et le posa sur la table.

— Georges ! Que fais-tu ? cria la voix aiguë de Grandma dans la pièce voisine.

— Rien, Grandma, répondit-il.

— Tu crois que je n'entends pas parce que tu as fermé la porte ? Et ce bruit de casserole ?

— Je range la cuisine, Grandma.

Puis ce fut le silence.

Georges savait bien ce qu'il allait faire pour préparer sa fameuse potion. Inutile de se casser la tête. C'était simple, il mettrait *tout* ce qui lui tomberait sous la main. Pas d'hésitation, pas de question, pas d'embrouillamini pour savoir si un produit secouerait ou non la vieille. *Tout* ce qu'il verrait de coulant, gluant ou poudreux, il le jetterait dans le chaudron.

Ce serait la plus géniale potion du monde. Si elle ne guérissait pas vraiment Grandma, elle produirait de toute façon un effet extraordinaire. Quel beau spectacle en perspective !

Georges décida de fouiller toutes les pièces de la maison, une à une.

Il irait d'abord dans la salle de bains : on y trouve toujours des produits amusants. Il monta l'escalier en portant l'énorme chaudron.

Dans la salle de bains, il regarda d'un air de convoitise la fameuse et redoutable armoire à pharmacie. C'était le seul meuble de toute la maison que ses parents lui avaient interdit de toucher. Il en avait fait la promesse solennelle, et il ne manquerait pas à sa parole. « Certains médicaments peuvent tuer un bonhomme », lui avaient-ils dit. Malgré son envie de donner un sacré remontant à Grandma, Georges ne voulait pas rester avec un cadavre sur les bras. Il posa le chaudron par terre et se mit à l'ouvrage.

Tout d'abord, il trouva un flacon de *shampooing cheveux gras.* Il le vida dans le chaudron.

« Ça lui nettoiera gentiment l'estomac », dit-il.

Il prit un tube de *dentifrice* et le pressa entièrement, faisant jaillir un long vermisseau.

« Ça fera peut-être briller ses horribles dents jaunâtres », dit-il.

Il y avait une bombe de *supermousse à raser* appartenant à son père. Georges adorait jouer avec les bombes. Il appuya sur le bouton et la vida. Une magnifique montagne de mousse blanche s'éleva dans le chaudron.

Avec les doigts, il vida le contenu d'un pot de *crème de jour vitalisée.*

Suivit un flacon de *vernis à ongles* écarlate.

« Si le dentifrice ne nettoie pas ses dents, dit-il, ceci les vernira en rose. »

Il découvrit ensuite un pot de *crème dépilatoire.* Sur l'étiquette, on lisait : « *Etendez la crème sur vos jambes. Laissez agir cinq minutes...* » Georges mit toute la crème dans le chaudron.

Ensuite un flacon rempli de liquide jaune : *lotion miracle antipelliculaire.* Dans le chaudron !

Brilladentine pour l'hygiène des dentiers.

De la poudre blanche. Dans le chaudron, elle aussi !

Une deuxième bombe : *déodorant corporel, garanti pour éliminer toutes les odeurs pendant 24 heures.*

« Elle devrait en utiliser beaucoup », se dit Georges en vidant la bombe dans le chaudron.

Puis un grand flacon de *paraffine liquide.* Il n'avait pas la moindre idée de ce que c'était mais il le vida quand même.

« J'en ai fini avec la salle de bains », pensa-t-il en jetant un dernier coup d'œil autour de lui.

Dans la chambre de ses parents, sur la coiffeuse de sa mère, il découvrit avec joie une troisième bombe. *Laque* : « *Vaporisez doucement à trente centimètres de vos cheveux.* » Il vaporisa toute la bombe dans le chaudron. Il adorait jouer avec les aérosols !

Un flacon de parfum, *Fleur de navet*, qui sentait le vieux fromage. Au chaudron, le parfum !

Au chaudron également, une grosse boîte ronde, *poudre peau rose*. Il y avait une houppette. Plouf, la houppette ! Elle porterait bonheur !

Deux tubes de *rouge à lèvres*. Il retira les deux bâtonnets rouges et graisseux et les ajouta à la mixture.

La chambre à coucher ne présentant plus d'intérêt, Georges redescendit au rez-de-chaussée avec son énorme chaudron. Il trottina vers la buanderie où étaient rangés les produits de nettoyage.

Le premier qu'il trouva fut un grand paquet de *superblanc pour machines à laver automatiques* : « *La saleté s'en va comme par magie.* » Grandma était-elle ou non automatique ? En tout cas, c'était sûrement une vieille femme sale.

« Il faut y mettre tout le paquet », dit-il en versant la lessive.

Ensuite, une grande boîte d'*encaustique parquet* : « *Enlève les saletés, les souillures et les taches de votre sol et le rend brillant*

32

comme un miroir. » Georges plongea la main dans la cire orange et vida la boîte.

Puis un petit paquet rond en carton de *poudre insecticide pour chiens : « Attention : à éloigner de toute nourriture. Si le chien avale cette poudre, il risque d'exploser.* »

« Parfait ! » dit Georges en renversant la poudre dans le chaudron.

Sur l'étagère, un autre paquet : *nourriture pour canaris*.

« Ça fera chanter la vieille perruche », dit-il en vidant le paquet.

Ensuite, Georges fouina dans une boîte qui contenait des brosses, des chiffons et du cirage. « La potion de Grandma est brunâtre, pensa-t-il. Il faut que ma potion le soit également, sinon Grandma saura qu'il y a anguille sous roche. » Il décida donc, pour colorer sa potion, d'ajouter du cirage, *brun foncé*. Splendide, une grosse boîte ! Il la racla à l'aide d'une vieille cuillère.

Dans le couloir qui menait à la cuisine, Georges aperçut une bouteille de *gin* sur un buffet. Grandma adorait le gin. On lui en

donnait un petit doigt chaque soir. Aujour-
d'hui, elle aurait un extra. Toute la bouteille ! Georges posa l'énorme chaudron sur
la table de la cuisine, puis il se dirigea vers
l'armoire qui servait de garde-manger. Les
étagères débordaient de bouteilles et de pots
de toutes sortes. Voici les ingrédients qu'il
choisit et versa un à un :

— *une boîte de curry,*
— *un verre de moutarde,*
— *une bouteille de sauce chilli extraforte,*
— *une boîte de poivre noir,*
— *une bouteille de sauce au raifort.*
— Ouf ! Ça y est ! s'écria-t-il.
— Georges ! cria la voix perçante de
Grandma dans la pièce voisine. A qui par-
les-tu ? Que mijotes-tu ?
— Rien, Grandma, absolument rien, ré-
pondit-il.
— N'est-il pas l'heure de prendre ma po-
tion ?
— Non, Grandma, ce sera dans une de-
mi-heure.
— Bon, surtout ne l'oublie pas.
— Oh, non, Grandma, répliqua Georges.
Je ne pense qu'à ça !

Remèdes
pour animaux

C'est à ce moment-là que Georges eut une inspiration géniale. Les médicaments de l'armoire à pharmacie de la maison lui étaient interdits, certes, mais les médicaments que son père gardait dans un hangar près du poulailler... les remèdes pour animaux... étaient-ils interdits, eux ?

Personne ne lui avait interdit d'y toucher.

« Reprenons le problème, se dit Georges. De la laque, de la mousse à raser et du cirage, très bien. Ça fera tourner la vieille toupie. Mais il faut de vrais médicaments dans la potion magique, de vraies pilules, de vrais remontants, pour lui donner du muscle et du tonus. »

Georges prit le lourd chaudron déjà rempli aux trois quarts et se dirigea vers la

porte qui donnait sur la cour. Il fonça vers
le hangar. Son père ne s'y trouvait pas car il
faisait les foins dans un pré.

Georges entra dans le vieux hangar pous-
siéreux et posa le chaudron sur un banc.
Puis il regarda l'étagère des médicaments.
Il y avait cinq grandes bouteilles. Deux
remplies de pilules et de dragées, deux de
liquides et une de poudre.

« Je les utiliserai toutes, dit Georges. Grandma en a besoin. Rudement besoin même. »

La première bouteille contenait une poudre orange. Sur l'étiquette, on lisait : *« Pour vos poules. Contre les parasites, les coliques, les becs irrités, les pattes estropiées, la coquerilite aiguë, la mauvaise ponte, la couvée difficile ou la perte de plumes. Posologie : une cuillerée par seau de graines. »*

« Ça alors ! se dit Georges en jetant toute la poudre orange dans le chaudron. La vieille perruche ne perdra plus ses plumes. »

La seconde bouteille contenait cinq cents dragées violettes. *« Remède de cheval contre les langues blanches : Le cheval doit sucer une dragée deux fois par jour. »*

« Grandma n'a pas la langue blanche, dit Georges, mais elle a une langue de vipère. Ceci la guérira sans doute. »

Au chaudron, les cinq cents dragées.

La troisième bouteille contenait un liquide épais et jaunâtre. *« Pour vaches, bœufs et taureaux. Contre la variole, la gale, les cornes recroquevillées, les naseaux écumants, les maux d'oreilles, de dents, de tête, de sabots, de queue et de pis. »*

« La vieille vache renfrognée souffre de tous ces maux, dit Georges. C'est le médicament qu'il lui faut. »

Le liquide glouglouta et gargouilla dans le chaudron.

La quatrième bouteille contenait un liquide rouge vif : « *Lotion insecticide pour moutons. Soigne les toisons malades, débarrasse des tiques et des puces. Mélanger une cuillerée dans cinq litres d'eau, et en arroser la toison. Attention ! ne pas dépasser la dose prescrite, sinon le mouton se retrouvera tout nu.* »

— Sapristi ! s'écria Georges. Comme j'aimerais verser cette lotion sur la tête de Grandma et regarder les tiques et les puces s'enfuir. Mais je ne peux pas, je ne dois pas. Donc, elle la boira.

Il versa le liquide rouge vif dans le chaudron.

La dernière bouteille de l'étagère était remplie de pilules vert pâle : « *Pour cochons. Contre les démangeaisons, les pieds trop sensibles, les queues sans tire-bouchon et autres cochonneries. Une pilule par jour. Dans les cas graves, on peut en donner deux. Attention ! ne jamais dépasser cette dose, sinon le cochon sautera au plafond !* »

« Exactement ce qu'il faut pour cette vieille truie, dit Georges. Donnons-lui la dose maxi ! »

Il jeta les pilules vertes par centaines dans le chaudron.

Sur le banc, il y avait un bout de bois qui servait à mélanger des peintures. Georges le prit pour remuer sa potion magique. Elle était épaisse comme de la crème, et, au fur et à mesure qu'il agitait, de magnifiques couleurs apparaissaient à la surface et se mêlaient. Des roses, des bleus, des verts, des jaunes et des bruns.

Georges remua longtemps pour tout mélanger. Mais il restait encore au fond du chaudron des centaines de pilules qui n'avaient pas fondu. En outre, surnageait la belle houppette à poudre de sa mère.

« Un gros bouillon et tout sera dissous », se dit Georges.

Sur ces mots, il reprit le chemin de la

maison, en titubant sous le poids de l'énorme chaudron.

Il passa devant la porte du garage et entra pour voir s'il trouvait d'autres ingrédients intéressants. Voici ce qu'il ajouta :

— un quart de litre d'*huile pour machine*, pour huiler le moteur de Grandma,

— un peu d'*antigel*, pour que son radiateur ne gèle pas en hiver,

— et une poignée de *graisse*, pour graisser ses vieux rouages.

Enfin, il retourna dans la cuisine.

A gros bouillons

Dans la cuisine, Georges posa le chaudron sur le fourneau et alluma le gaz à feu vif.

— Georges ! cria l'affreuse voix de Grandma dans la pièce voisine. C'est l'heure de prendre ma potion !

— Pas encore, Grandma, répondit Georges. Il n'est que onze heures moins vingt.

— Qu'est-ce que tu mijotes ? cria la grand-mère. J'entends des bruits.

Georges estima qu'il valait mieux ne pas répondre. Il trouva une longue cuillère en bois dans un tiroir et se mit à tourner vivement la potion. Cela commençait à chauffer.

Bientôt, la potion magique se mit à

mousser et à écumer. Une épaisse fumée bleue, couleur plume de paon, s'éleva et une odeur épouvantable envahit la cuisine. Georges étouffait, suffoquait et toussait. Jamais il n'avait senti une odeur aussi brutale et fatale, aussi poivrée et fumée, aussi tenace et pugnace, sorcière et mégère à la fois. Dès qu'il en respirait une bouffée, des feux d'artifice éclataient dans sa tête et des frissons électriques couraient le long de ses jambes. Quelle merveille de remuer cette fantastique potion et de la voir bouillonner, mousser, écumer et fumer comme si elle était vivante ! A un moment, Georges vit même surgir des étincelles dans un tourbillon de fumée. Il aurait pu le jurer.

Et soudain, Georges dansa près du chaudron qui bouillait à gros bouillons, et se mit à chanter cette étrange chanson qui lui passa par la tête :

Hourra ! Cornes à la sorcière,
Vive la chaudière !
Hourra ! Cornes à la potion,
Vive le chaudron !
Pétille, clapote, barbouille,
Siffle, crachote, gargouille !
Fais tes prières, Grand-mère !

La peinture marron

Georges arrêta le gaz sous le chaudron. Il fallait laisser refroidir la potion un bon moment.

Quand la fumée et l'écume se calmèrent, il jeta un coup d'œil dans le chaudron pour voir la couleur de sa potion. Elle était bleu vif.

« Ajoutons du marron, dit Georges. Si ma potion n'est pas brunâtre, Grandma aura des soupçons. »

Georges se précipita dans l'atelier où son père rangeait les peintures. Sur les étagères, il y avait des pots de toutes les couleurs, noir, vert, rose, rouge, blanc et marron. Il s'empara du pot marron : *peinture marron chocolat. Un litre.* Il enleva le couvercle à l'aide d'un tournevis. Le pot était plein aux trois quarts. Il revint en courant dans la cuisine, et versa la peinture dans le chaudron. Maintenant, il était rempli à ras bord. Très doucement, Georges mélangea la peinture à la potion avec la longue cuillère de bois. Ah ! ah ! elle devenait marron ! Un magnifique marron foncé.

— Et alors, ma potion ? cria la voix de Grandma dans la salle de séjour. Tu m'as oubliée ! Tu l'as fait exprès ! Je le dirai à ta mère !

— Je ne t'ai pas oubliée, Grandma, cria Georges. J'ai pensé à toi tout le temps. Mais il reste encore dix minutes.

— Méchant asticot ! aboya la voix. Vermisseau fainéant et désobéissant ! Tu grandis trop vite !

Georges prit le vrai flacon de potion sur le buffet. Il le déboucha et vida le contenu dans l'évier. Puis il plongea un cruchon

dans le chaudron et s'en servit pour remplir le flacon de potion magique. Il remit le bouchon.

Etait-elle suffisamment froide ? Pas tout à fait.

Il plaça le flacon sous le robinet d'eau froide pendant deux minutes. L'étiquette se détacha, mais aucune importance. Il sécha le flacon avec un torchon.

Maintenant, tout était prêt !

Oui, prêt !

Le grand moment était arrivé !

— C'est l'heure de prendre ta potion, Grandma, cria-t-il.

— Enfin, il me semblait bien ! grogna-t-elle.

La cuillère en argent qu'on utilisait pour la potion de Grandma était posée sur le buffet. Il s'en saisit.

Et c'est la cuillère d'une main et le flacon de l'autre qu'il entra dans la salle de séjour...

Grandma
boit la potion

Grandma était recroquevillée dans son fauteuil près de la fenêtre. Ses petits yeux méchants scrutèrent Georges quand il traversa la pièce.

— Tu es en retard ! cria-t-elle.

— Pas du tout, Grandma.

— Ne me coupe pas au milieu d'une phrase ! hurla-t-elle.

— Mais tu avais fini ta phrase, Grandma.

— Tu recommences ! aboya-t-elle. Quel exaspérant petit garnement ! Toujours en train de m'interrompre et de chercher midi à quatorze heures. Quelle heure est-il, au fait ?

— Il est exactement onze heures, Grandma.

— Tu mens comme d'habitude. Arrête de jacasser et donne-moi mon médicament. Agite le flacon d'abord, puis verse la potion dans la cuillère. Une pleine cuillerée, fais bien attention.

— Vas-tu l'avaler d'un seul coup ? lui demanda Georges. Ou à petits coups ?

— Ça ne te regarde pas, répondit la vieille femme. Remplis la cuillère.

Il déboucha le flacon et versa lentement l'épais liquide dans la cuillère. Il ne pouvait pas s'empêcher de penser aux incroyables et merveilleux ingrédients de la potion magique : la mousse à raser, la crème dépilatoire, la lotion antipelliculaire, le détergent pour machines à laver automatiques, la poudre insecticide pour chiens, le cirage, le poivre noir, la sauce au raifort et le reste, sans oublier les pilules, les liquides et les poudres pour les animaux... ni la peinture marron.

— Ouvre grand la bouche, Grandma, dit-il, et j'y verserai la potion.

La vieille sorcière ouvrit sa petite bouche ridée en découvrant ses dents jaunâtres et dégoûtantes.

— Allons-y ! cria Georges. Avale vite !

Il introduisit la cuillère dans la bouche de Grandma et fit couler la potion. Puis, il recula d'un pas pour regarder le résultat.

Quel spectacle !

— *Ouiche !* cria Grandma.

Et hop ! son corps bondit en l'air, comme si son fauteuil avait été une chaise électrique ! Oui, elle bondit comme un diable de sa boîte et... elle ne retombait pas... elle restait là... suspendue entre ciel et terre... à environ un demi-mètre au-dessus du fauteuil... toujours assise... raide... glacée... tremblante... les yeux exorbités... les cheveux dressés sur la tête.

— Tu ne te sens pas bien ? lui demanda poliment Georges. Qu'est-ce qui ne va pas ?

Suspendue entre le sol et le plafond, la vieille femme n'arrivait pas à articuler un mot.

Le choc devait être terrible.

On aurait dit qu'elle avait avalé un tisonnier brûlant.

Puis, *plop !* elle retomba sur son siège.

— Appelle les pompiers ! cria-t-elle soudain. J'ai l'estomac en feu !

— Ce n'est que le médicament, Grandma, dit Georges. C'est un bon remontant.

— Au feu ! s'égosillait la vieille. Il y a le feu dans ma cave ! Un seau d'eau ! Une lance à incendie ! Vite, dépêche-toi !

— Calme-toi, Grandma, dit Georges.

Mais il fut un peu impressionné quand il vit qu'elle crachait de la fumée par la bouche et par les narines. Oui, d'épais nuages de fumée noire sortaient de son nez et se répandaient dans la pièce.

— Diable, tu flambes, dit Georges.

— Bien sûr que je flambe ! hurla-t-elle. Je flambe comme une crêpe au rhum. Je fris comme un lardon. Je bous comme un bouillon.

Georges courut dans la cuisine chercher une cruche d'eau.

— Ouvre la bouche, Grandma ! cria-t-il.

A travers la fumée, il ne voyait pas bien

la bouche de la grand-mère, mais il réussit à vider le quart de la cruche dans le gosier de Grandma. L'estomac de la vieille femme grésilla comme lorsqu'on fait couler de l'eau froide dans une poêle brûlante. La sorcière hennit et piaffa comme un cheval. Elle haleta, gloussa et cracha des trombes d'eau. Puis la fumée disparut.

— J'ai maté l'incendie ! annonça Georges fièrement. Tu vas très bien maintenant, Grandma ?

— Très bien ? vociféra-t-elle. Qu'est-ce qui va très bien ? J'ai de la dynamite dans le bide ! Une grenade dans la bedaine ! Une bombe dans les boyaux !

Elle bondissait sur son fauteuil. Visiblement, elle n'était pas très à l'aise.

— Cette potion te fera beaucoup de bien, tu verras, Grandma, dit Georges.

— Du bien ! hurla-t-elle. Du bien ! elle est en train de me tuer !

Puis son ventre commença à ballonner.
Elle gonflait !
Elle gonflait de partout !
Comme un ballon !
Allait-elle exploser ?
Son visage violacé devenait verdâtre.

Mais attendez ! Elle eut une crevaison. Georges entendit le sifflement d'une fuite. Lentement, elle se dégonflait, elle rapetis-

sait, reprenant peu à peu son vieil aspect ra-
tatiné.

— Tout va bien, Grandma ? demanda
Georges.

Elle ne répondit pas.

Advint alors une chose amusante. Grandma se tortilla puis se dégagea d'un coup
sec de son fauteuil et atterrit des deux pieds
sur le tapis.

— Extraordinaire, Grandma ! s'exclama
Georges. Ça fait des années que tu n'as pas
été debout ! Regarde ! Tu tiens sur tes
jambes sans canne !

Grandma ne l'entendait même pas. Elle était à nouveau figée, les yeux exorbités. Loin, très loin dans un autre monde.

« Fantastique potion ! se dit Georges, fasciné par le spectacle. Qu'arrivera-t-il maintenant à cette vieille sorcière ? »

Il obtint vite une réponse.

Soudain, elle se mit à grandir.

Très lentement au début... quelques millimètres... quelques centimètres... puis de plus en plus vite, quelques décimètres, à la vitesse de trois centimètres à la seconde. Au début, Georges n'y prêta pas attention, mais quand elle eut dépassé un mètre soixante-dix, quand elle eut atteint un mètre quatre-vingts, Georges sursauta en s'écriant :

— Eh, Grandma ! Tu grandis ! Tu grandis ! Attention, Grandma ! Attention au plafond !

Mais Grandma ne s'arrêtait pas.

C'était vraiment un spectacle fantastique de voir cette ancêtre décharnée devenir de plus en plus grande, de plus en plus longue et fine, comme un élastique étiré par des mains invisibles.

Quand sa tête atteignit le plafond, Georges pensa qu'elle serait obligée de s'arrêter.

Mais non ! Il y eut un crissement, et des morceaux de plâtre et de ciment tombèrent par terre.

— Arrête-toi de grandir, Grandma, dit Georges. Papa vient juste de repeindre cette pièce.

Mais elle ne pouvait pas s'arrêter.

Bientôt, sa tête et ses épaules disparurent complètement à travers le plafond. Et elle grandissait toujours.

Georges monta vite dans sa chambre. La tête de Grandma surgissait du parquet comme un champignon.

— Youpi ! fit-elle. Alléluia, me voilà !

— Tout doux, Grandma ! dit Georges.

— Nenni, petit ! Moi, je grandis !

— Mais c'est ma chambre, dit Georges. Regarde plutôt le gâchis !

— Quelle merveilleuse potion ! cria-t-elle. Donne-m'en un peu plus.

« Elle radote comme un rat d'hôtel », pensa Georges.

— Allons, mon garçon ! reprit-elle. Un peu plus de potion. Une autre cuillerée ! Je sens que je m'arrête en pleine croissance.

Georges tenait toujours le flacon et la cuillère. « Eh bien, pourquoi pas ? » songea-t-il. Il versa une seconde dose de potion et la donna à Grandma.

— *Ouiche !* cria-t-elle.

Et elle grandit de plus belle. Ses pieds étaient toujours sur le parquet du rez-de-chaussée, mais sa tête se dirigeait rapidement vers le plafond de la chambre.

— Je suis en bonne voie, mon garçon ! hurla-t-elle à Georges. Admire un peu !

— Il y a le grenier au-dessus, Grandma ! cria Georges. C'est plein de fantômes et de gnomes !

Crac, boum ! la tête de la vieille traversa le plafond comme si c'était du beurre.

Georges regarda la pagaille dans sa chambre. Il y avait un grand trou dans le sol et un autre au plafond et, entre les deux, droit comme un poteau, le tronc de Grandma. Ses pieds étaient au rez-de-chaussée et sa tête au grenier !

— Je continue ! cria la voix perçante de

Grandma depuis le grenier. Donne-moi une troisième dose, mon garçon. Il faut que je perce le toit !

— Non, Grandma, non ! répliqua Georges. Tu casses la baraque !

— Au diable, la baraque ! s'écria-t-elle. J'ai envie de respirer un peu d'air pur. Ça fait vingt ans que je ne suis pas sortie.

« Fichtre, elle va percer le toit ! » se dit Georges. Il redescendit les escaliers et se précipita dans la cour de la ferme. Si Grandma défonçait la toiture, ce serait abominable. Son père serait furieux. Et lui,

Georges, serait puni. C'était lui qui avait fabriqué la potion, lui qui avait donné les deux cuillerées...

— Ne défonce pas le toit, Grandma ! suppliait-il. S'il te plaît, surtout ne fais pas ça !

La poule brune

Dans la cour, Georges observait le toit de la ferme, un joli toit de tuiles roses avec de hautes cheminées.

On ne voyait pas la tête de Grandma. Seule, une grive chantait, perchée sur l'une des cheminées. « La vieille plante est restée coincée dans le grenier, pensa Georges. Dieu soit loué ! »

Soudain, une tuile se détacha du toit et dégringola dans la cour. La grive s'envola aussitôt.

Puis une autre tuile tomba.

Suivie d'une demi-douzaine.

Et alors, très lentement, comme une créature monstrueuse sortant d'un gouffre, la tête de Grandma surgit du toit...

Puis un cou décharné...

Et ses épaules...

— Diable, j'ai réussi ! cria-t-elle. J'ai défoncé le toit !

— Tu ne crois pas que tu devrais arrêter maintenant, Grandma ? demanda Georges.

— Ça y est, j'arrête ! répondit-elle. Je me sens en pleine forme ! Je t'avais bien averti que j'avais des pouvoirs magiques ! Je t'avais bien dit que j'étais sorcière jusqu'au bout des ongles ! Mais tu ne voulais pas me croire, n'est-ce pas ? Tu ne voulais pas écouter ta vieille Grandma !

— Ce n'est pas toi qui as fait ça, Grandma ! s'écria Georges. C'est moi ! J'ai fabriqué une potion magique !

— Une potion magique ? Toi ? aboya-t-elle. Balivernes !

— Oui, c'est moi ! C'est moi ! répéta Georges.

— Tu mens, comme d'habitude ! hurla Grandma. Tu racontes toujours des bobards.

— Je ne mens pas, Grandma. Je te le jure.

Là-haut, au-dessus du toit, le visage ridé de Grandma se tourna vers Georges d'un air méfiant

— Veux-tu vraiment dire que tu as fabriqué une potion magique, tout seul ? demanda-t-elle.

— Oui, Grandma, tout seul.

— Je n'en crois rien, dit-elle. En tout cas, je me sens très bien là-haut. Apporte-moi une tasse de thé.

Une poule brune picorait dans la cour, près de Georges. Cela lui donna une bonne idée. Vite, il déboucha le flacon et versa une dose de potion dans la cuillère.

— Regarde-moi ça, Grandma ! cria-t-il.

Il s'accroupit et tendit la cuillère vers la poule.

— Petit, petit, petit, dit-il. Viens picorer ici.

Les poules sont des volatiles gloutons et stupides. Elles croient que tout est bon à manger. Celle-ci s'imaginait que la cuillère était pleine de graines. Elle sautilla vers Georges, pencha sa tête de côté et fixa la cuillère.

— Petit, petit, petit, répéta Georges. Allons, petite poule.

La poule brune tendit le cou et becqueta la potion. Une pleine becquée de potion.

L'effet fut électrique.

— *Ouiche !* caqueta la poule, en bondissant droit dans le ciel comme une fusée.

La poule atteignit la hauteur du toit puis

s'écroula dans la cour. Elle restait assise sur le croupion, toutes plumes hérissées, hébétée, ridicule. Georges continuait à l'observer. Et Grandma aussi, depuis le toit.

La poule se remit sur ses pattes. Elle tremblait et *gloussaillait* d'une drôle de façon ! Elle ouvrait, fermait le bec, sans raison. Elle semblait vraiment mal en point.

— Regarde ce que tu as fait, imbécile ! s'exclama Grandma. La poule est en train de mourir ! Tu vas entendre ton père ! Il va te flanquer une bonne raclée ! Et tu ne l'auras pas volée !

Tout à coup, un nuage de fumée noire s'échappa du bec de la poule.

— Elle flambe ! hurla Grandma. La poule est en feu !

Georges courut remplir un seau d'eau à l'abreuvoir.

— La poule est rôtie ! Le dîner est servi ! criait Grandma.

Georges jeta l'eau du seau sur la poule. Il y eut un grésillement et la fumée disparut.

— Elle a pondu son dernier œuf ! hurlait Grandma. Les poules rôties ne pondent plus que des œufs durs !

Le feu éteint, la poule paraissait en meilleure forme. Ses pattes ne flageolaient plus. Elle agitait même ses ailes. Puis, elle s'accroupit comme pour le départ d'un cent mètres. Mais elle sauta en *hauteur*, fit un saut périlleux et retomba allègrement sur ses pattes.

— C'est une poule de cirque ! criait Grandma du sommet du toit. Un volatile acrobate !

Et maintenant, la poule grandissait.

Enfin ! C'était ce qu'attendait Georges.

— Elle grandit ! hurla-t-il. Elle grandit, Grandma ! Regarde, elle grandit !

De plus en plus grande, de plus en plus haute. Elle fut bientôt quatre ou cinq fois plus grande qu'au début.

— Tu vois, Grandma ? criait Georges.

— Diable, je vois ! répondit la vieille. Je ne vois que ça !

Georges, tout excité, sautillait d'un pied sur l'autre, en montrant l'énorme poule.

— Elle a bu ma potion magique, Grandma, répétait-il, et elle a grandi comme toi !

Mais il y avait une différence. Grandma avait grandi en s'étirant comme un élastique. Pas la poule, qui était restée joliment dodue.

Bientôt, elle fut plus grande que Georges. Elle ne s'arrêta que lorsqu'elle atteignit la taille d'un cheval.

— N'est-ce pas fantastique, Grandma ? cria Georges.

— Elle n'est pas aussi grande que moi !

chantonnait Grandma. Par rapport à moi,
la poule est poulette ! Moi, je suis la plus
grande !

Le cochon,
les boeufs,
les moutons,
le poney et la chèvre

A ce moment-là, la mère de Georges revint du village où elle avait fait des courses. Elle gara la voiture dans la cour, puis sortit en tenant un sac de provisions et une bouteille de lait.

La première chose qu'elle vit fut la poule brune, gigantesque à côté du petit Georges. Elle lâcha la bouteille de lait.

Puis elle entendit crier sur le toit. Elle leva les yeux, vit que la tête de Grandma avait défoncé les tuiles, et lâcha son sac à provisions.

— Alors, Marie, qu'est-ce que tu en penses ? cria Grandma. Je parie que tu n'as jamais vu de poule aussi énorme. C'est la poule géante de Georges !

— Mais... mais... mais... bredouilla la mère de Georges.

— C'est la potion magique de Georges ! poursuivit Grandma. Nous en avons bu une ration, la poule et moi !

— Mais comment diable as-tu fait pour monter sur le toit ? demanda la mère.

— Je ne suis pas montée sur le toit, caqueta la vieille femme. J'ai les pieds sur le parquet de la salle de séjour !

C'en était trop pour la mère de Georges : elle resta bouche bée, les yeux en boules de loto comme si elle allait s'évanouir.

Un instant plus tard, surgit le père de Georges. Il s'appelait le père Gros Bouillon. M. Bouillon était un petit homme à grosse tête et aux jambes arquées. C'était un bon père, mais il était difficile à vivre car il était soupe au lait et s'énervait pour de petits riens. La grosse poule qui se tenait dans la cour, elle, n'était pas un petit rien ! Dès qu'il l'aperçut, M. Bouillon entra en ébullition.

— Vingt dieux ! s'écria-t-il en agitant les bras. Qu'est-ce que c'est ? Qu'est-il arrivé ? D'où vient cette poule géante ? Qui a fait ça ?

— C'est moi, répondit Georges.

— Regarde-moi, moi ! cria Grandma du sommet du toit. Ne t'occupe pas de la poule ! Ce n'est qu'une poulette à côté de moi !

M. Bouillon regarda le toit et aperçut Grandma.

— Tais-toi, Grandma ! fit-il.

Il ne s'étonna pas que la vieille ait défoncé le toit. La poule, seule, l'excitait. Il n'avait jamais vu un tel spectacle, mettez-vous à sa place !

— Fantastique ! brailla M. Bouillon en dansant sur place. Colossal ! Gigantesque ! Enormissime ! Miraculeux ! Comment as-tu fait ça, Georges ?

Georges raconta toute l'histoire à son père. Pendant ce temps, la grosse poule brune s'assit au milieu de la cour et commença *cot-cot-cot* à caqueter et à glousser.

Tous les quatre s'arrêtèrent pour la regarder.

Quand elle se releva, elle avait pondu un gros œuf brun, de la dimension d'un ballon de rugby.

— Avec cet œuf on pourrait faire des œufs brouillés pour une vingtaine d'invités ! s'écria Mme Bouillon.

— Georges ! s'exclama M. Bouillon. Combien de litres de cette potion magique as-tu préparés ?

— Des tas, répondit Georges. Un gros

chaudron, dans la cuisine, et ce flacon qui est presque plein.

— Viens avec moi ! hurla le père Gros Bouillon. Apporte ta potion. Depuis des années et des années que je m'échine à engraisser les animaux. De gros bœufs pour des steaks. De gros cochons pour des jambons. De gros moutons pour des gigots...

Ils allèrent d'abord à la porcherie.
Georges donna une cuillerée au cochon.
Le groin du cochon cracha de la fumée.
Il se mit à cabrioler, puis à grandir.

A la fin, voici à quoi il ressemblait :

Puis ils se dirigèrent vers l'enclos des bœufs noirs, que M. Bouillon engraissait pour vendre au marché.

Georges leur donna une dose de la potion, et voici ce qui arriva :

Ensuite, ce fut le tour des moutons :

Georges donna une ration de potion à son poney gris, *Vive-le-vent* :

Et enfin, juste pour s'amuser, il en donna
à *Alma*, la chèvre :

Une grue
pour Grandma

Au sommet du toit, Grandma assistait à tout ce qui se passait, et la tournure que prenaient les événements ne lui plaisait guère. Elle voulait être le centre d'attraction, mais personne ne s'intéressait à elle. Georges et M. Bouillon couraient par-ci par-là, excités par les animaux gigantesques. Mme Bouillon faisait la vaisselle dans la cuisine, et Grandma restait plantée là, la tête dépassant du toit.

— Eh, Georges ! cria-t-elle. Apporte-moi une tasse de thé, immédiatement, petit paresseux !

— N'écoute pas cette vieille chèvre, dit M. Bouillon. Elle est coincée, tant mieux !

— Mais on ne peut pas la laisser tomber, papa, dit Georges. Et s'il pleut ?

— Georges ! hurla Grandma. Sale gosse, sale vermisseau ! Donne-moi tout de suite une tasse de thé et une tranche de gâteau aux groseilles.

— Il faut la tirer de là, papa, dit Georges. Sinon, elle nous embêtera sans arrêt.

Mme Bouillon surgit dans la cour.

— Georges a raison, dit-elle. Après tout, c'est ma mère.

— C'est une enquiquineuse, dit M. Bouillon.

— Qu'importe, dit Mme Bouillon. Je ne vais pas laisser ma mère coincée là-haut pour le restant de ses jours.

Finalement, M. Bouillon téléphona à une société de dépannage.

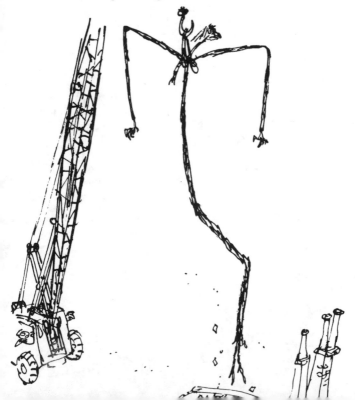

— Envoyez-moi aussitôt votre plus grande grue, dit-il.

Le camion-grue n'arriva qu'une heure plus tard, avec un chauffeur et un grutier. Le grutier grimpa sur le toit et attacha des cordes aux bras de Grandma. Puis, il la hissa à travers le toit...

D'une certaine façon, la potion avait amélioré Grandma. Elle n'avait pas perdu son mauvais caractère, elle n'était pas moins renfrognée, mais elle semblait guérie de toutes ses maladies. Elle était aussi frin-

gante qu'un coursier ! Dès que la grue l'eut
ramenée à terre, elle se précipita sur le
gigantesque poney *Vive-le-vent*, et l'enfour-
cha. La vieille sorcière, haute comme la
maison, galopait sur le coursier géant qui
bondissait au-dessus des arbres et des han-
gars.

— Branle-bas ! criait-elle. Là où je passe,
l'herbe trépasse ! Hors de mon chemin,

misérables crapoussins ! Sinon, je vous écrabouille !

Et autres imbécillités...

Comme Grandma était beaucoup trop grande pour rentrer dans sa chambre, elle dut passer la nuit dans la grange, au milieu des souris et des rats.

Le père
Gros Bouillon
a une idée géniale

Le lendemain, le père Gros Bouillon descendit prendre son petit déjeuner, plus bouillonnant que jamais.

— Je n'ai pas fermé l'œil de la nuit ! s'écria-t-il. Je ne pensais qu'à ça !

— A quoi ? lui demanda Georges.

— A cette potion magique, bien sûr ! Il ne faut pas s'arrêter là, fiston ! Nous devons en fabriquer *davantage* ! Des litres et des litres !

Georges avait tellement donné de potion aux moutons, aux cochons, aux vaches et aux bœufs, que l'énorme chaudron était complètement vide.

— Pourquoi *davantage,* papa ? demanda Georges. Tous nos animaux sont devenus gigantesques ! Grandma est aussi fringante qu'un coursier, si bien qu'elle a dormi dans le foin !

— Cher fiston ! s'exclama le père Gros Bouillon. Il nous en faut des tonneaux et des tonneaux ! Des tonnes et des tonnes ! Nous en vendrons aux agriculteurs du monde entier afin qu'ils élèvent des animaux géants ! Nous allons créer une usine de potion magique, et nous vendrons chaque bouteille cinquante francs. Nous deviendrons riches, et toi, tu seras célèbre.

— Attends, papa... dit Georges.

— Il n'y a pas une seconde à perdre ! s'écria M. Bouillon, si déchaîné qu'il mettait le beurre dans son café et le lait sur ses tartines. Tu ne comprends pas que ton invention géniale va faire le tour du monde ! Plus personne ne mourra de faim !

— Pourquoi ? demanda Georges.

— Parce qu'une vache géante donnera cinquante seaux de lait par jour ! répondit M. Bouillon en agitant les bras. Parce qu'un

poulet géant donnera une centaine de repas, et un cochon mille côtelettes ! Génial, fiston ! Fantastique ! Cela va changer le monde !

— Mais attends, papa... répéta Georges.

— Attendre ? Arrête de radoter ! cria M. Bouillon. Il n'y a pas une seconde à perdre. Il faut se grouiller !

— Calme-toi, mon chéri, dit Mme Bouillon à l'autre bout de la table. Et arrête de tartiner de confiture les *cornflakes*.

— Au diable, les *cornflakes* ! s'exclama M. Bouillon en bondissant de sa chaise. Allons-y, Georges ! Allons-y, fiston ! D'abord, préparons un plein chaudron pour faire un essai.

— Mais, papa... dit le petit Georges, l'ennui, c'est que...

— Il n'y aura aucun ennui, fiston ! coupa M. Bouillon. C'est impossible. Il suffit de mettre les mêmes ingrédients. Au fur et à mesure que tu les mettras dans le chaudron, je les noterai sur une feuille. C'est ainsi que nous aurons la recette magique !

— Mais, papa... insista Georges, écoute-moi, s'il te plaît.

— Ecoute-le, intervint Mme Bouillon. Notre fils veut te dire quelque chose d'important.

Mais le père Gros Bouillon était trop excité pour écouter les autres.

— Et ensuite, continua-t-il, quand le mélange sera prêt, nous le testerons sur une vieille poule, juste pour savoir si tout va bien ! Hourra ! Ça marchera ! Et nous construirons une usine géante !

— Mais, papa...

— Alors, que veux-tu ajouter ?

— Je ne pourrai jamais me rappeler la centaine d'ingrédients que j'ai jetés dans le chaudron pour fabriquer ma potion.

— Mais si, cher fiston ! cria M. Bouillon. Je t'aiderai ! Je te rafraîchirai la mémoire ! Et tu la retrouveras, va ! Alors, quel est le premier ingrédient que tu as mis dans le chaudron ?

— D'abord, je suis monté dans la salle de bains, répondit Georges. J'ai utilisé des tas de trucs, puis je suis allé fouiner dans la coiffeuse de maman...

— Allons-y donc ! cria le père Gros Bouillon. Montons dans la salle de bains.

Une fois là-haut, ils trouvèrent bien sûr des tas de tubes, de bombes et de flacons vides.

— Magnifique ! fit M. Bouillon. Voilà ce que tu as utilisé. Nous sommes sur la bonne piste. Il suffit de noter tout ce qui est vide.

M. Bouillon se mit à noter la liste des flacons, des bombes et des tubes de la salle de bains, puis celle des produits sur la coiffeuse.

— De la poudre peau rose, de la laque, du parfum *Fleur de navet*... Terrible ! C'est facile. Et ensuite où es-tu allé ?

— A la buanderie, répondit Georges. Mais es-tu sûr que tu n'as rien oublié, papa ?

— Si tu n'as rien oublié, moi non plus, dit M. Bouillon.

— Je l'espère, dit Georges.

Ils descendirent à la buanderie, et M. Bouillon nota le nom de tous les paquets et de toutes les boîtes vides.

— Vingt dieux ! s'écria le père. Tu en as mis, des trucs ! Pas étonnant qu'elle soit magique, ta potion ! Est-ce tout ?

— Non, papa, ce n'est pas tout.

Georges conduisit son père dans le hangar où il rangeait les médicaments pour les animaux. Il lui montra les cinq bouteilles vides sur l'étagère. M. Bouillon en prit bonne note.

— Et quoi d'autre ? demanda M. Bouillon.

Le petit Georges se creusa la cervelle. Il avait beau réfléchir, il ne se rappelait plus ce qu'il avait ajouté d'autre.

Le père Gros Bouillon sauta dans son auto, et courut acheter de nouvelles bombes, de nouveaux tubes, de nouveaux flacons, de nouveaux paquets, de nouvelles boîtes. Puis, il se rendit chez le vétérinaire et acheta les médicaments pour animaux.

— Maintenant, dit-il à son retour, montre-moi comment tu as fait, Georges. Montre-moi exactement comment tu les as mélangés.

La potion magique numéro deux

Georges et son père étaient dans la cuisine, et le chaudron trônait sur le fourneau. M. Bouillon avait rangé tous les produits qu'il avait achetés près de l'évier.

— Allons, fiston ! commença le père Gros Bouillon. Quel est le premier ingrédient que tu as mis dans le chaudron ?

— Celui-ci, répondit Georges en vidant le flacon de shampooing pour cheveux gras. Ensuite, le dentifrice... puis, la mousse à raser... puis, la crème de jour... puis, le vernis à ongles...

— Continue, fiston ! exultait M. Bouillon en dansant dans la pièce. Vas-y ! Ne t'arrête pas ! N'hésite pas ! Quel plaisir de te voir à l'ouvrage, fiston !

Un à un, Georges vida les flacons, les paquets, les boîtes; il vaporisa les bombes.

Comme tout était à portée de main, il acheva la besogne en moins de dix minutes. Mais, à la fin, le chaudron lui sembla moins plein que la première fois.

— Et après qu'as-tu fait ? demanda M. Bouillon. As-tu remué ?

— J'ai porté à gros bouillons, répondit Georges. Pas longtemps, mais en remuant bien.

Le père Bouillon alluma le gaz sous le chaudron, et Georges remua le mélange avec la longue cuillère de bois qu'il avait déjà utilisée.

— La potion n'est pas assez brune, dit Georges. Attends ! Je sais ce que j'ai oublié.

— Quoi ? s'écria M. Bouillon. Vite, dis-moi quoi ? Si nous avons oublié le moindre ingrédient, la potion ne marchera pas ! En tout cas, pas de la même façon !

— J'ai besoin de peinture marron, dit Georges. Voilà ce que j'ai oublié.

Le père Gros Bouillon se précipita dans la cour, fonça vers sa voiture, courut au village acheter la peinture et revint immédiatement à la maison. Il ouvrit le pot, le tendit à son fils, et Georges vida la peinture dans le chaudron.

— Ah, ah ! fit Georges. C'est beaucoup mieux. Ça se rapproche de la bonne couleur.

— Elle bouillonne, elle bouillonne, la

potion ! bouillonna M. Bouillon. Est-ce que c'est prêt ?

— Elle est prête, dit Georges. Du moins, je l'espère.

— Bon ! brailla M. Bouillon en sautillant de-ci de-là. Faisons un essai ! Donnons-en à un poulet !

— Ciel ! Calme-toi ! dit Mme Bouillon, en entrant dans la cuisine.

— Me calmer ! hurla M. Bouillon au comble de l'excitation. Tu veux que je sois calme, alors que nous venons de préparer le plus grand médicament de toute l'histoire de l'humanité ? Viens donc, Georges ! Remplis une tasse de potion ! Et donne une cuillerée à un poulet ! Il faut être absolument sûrs que nous ne nous sommes pas trompés.

Dans la cour, il y avait quelques poulets qui n'avaient pas eu droit à la potion magique numéro un. Ils picoraient dans la saleté comme le font ces imbéciles de poulets !

Georges s'accroupit en tendant sa cuillère remplie de la nouvelle potion.

— Petit, petit, petit, fit-il.

Un poulet blanc tacheté de noir leva son œil sur Georges. Il s'avança vers la cuillère et commença à picorer.

L'effet de la potion numéro deux se révéla fort différent, mais il ne manquait pas d'intérêt.

— *Ouache !* caqueta le poulet et il bondit à deux mètres du sol, puis retomba sur ses pattes. Son bec cracha des étincelles, comme si quelqu'un affûtait un couteau dans son ventre. Son corps ne changeait pas mais ses deux pattes jaunes s'allongeaient, s'allongeaient...

— Mais, que lui arrive-t-il ? cria le père Gros Bouillon.

— Ça ne marche pas, dit Georges.

Plus les pattes s'allongeaient, plus le poulet s'élevait. Quand les pattes atteignirent la hauteur de cinq mètres, elles arrêtèrent de grandir. Le poulet avait l'air particulièrement ridicule avec ses pattes longues, longues et son petit corps perché là-haut. On aurait dit qu'il était monté sur des échasses.

— Vingt dieux ! s'écria le père Gros Bouillon. Nous nous sommes trompés ! Ce poulet ne sert à rien ! Il est tout en pattes ! Personne ne mange des pattes de poulet !

— J'ai sans doute oublié un ingrédient, dit Georges.

— Je le vois bien ! cria M. Bouillon. Réfléchis, fiston, réfléchis. Qu'as-tu oublié ?

— Ça y est, j'ai trouvé ! s'exclama Georges.

— Vite, qu'est-ce que c'est ?

— La poudre insecticide pour chiens, répondit Georges.

— Tu es sûr que tu en as ajouté, la première fois ?

— Oui, papa, j'en suis sûr. Un plein paquet.

— Voilà qui résout le problème !

— Attends un peu, dit Georges. Avais-tu marqué du cirage brun dans ta liste ?

— Non, répondit M. Bouillon.

— J'en ai utilisé, dit Georges.

— Eh bien ! s'écria M. Bouillon. Pas étonnant que ta potion n'agisse pas.

Déjà, il courait vers la voiture, et fonçait vers le village pour acheter l'insecticide et le cirage.

La potion magique
numéro trois

— Ça y est ! s'écria le père Gros Bouillon en surgissant dans la cuisine. Un paquet de poudre insecticide pour chiens, et une boîte de cirage brun foncé.

Georges vida entièrement le paquet et la boîte dans le chaudron.

— Il faut bien mélanger, Georges ! hurla M. Bouillon. Et porter à ébullition. Ça va marcher cette fois ! Je parie que ça marchera.

Après mélange et gros bouillons, Georges remplit la tasse de la potion magique numéro trois, puis sortit dans la cour pour tester le produit sur un autre poulet. M. Bouillon courait derrière lui, tout excité, en agitant les bras et en sautillant.

— Viens regarder ! dit-il à son épouse. Viens voir comment on transforme une poule ordinaire en une merveilleuse poule gigantesque, qui pondra des œufs gros comme des ballons de rugby !

— J'espère que ce sera mieux que la dernière fois, dit Mme Bouillon en les rejoignant.

— Petit, petit, petit, fit Georges en tendant la cuillère. Viens goûter cette bonne potion.

Un jeune coq noir magnifique à la crête écarlate s'arrêta près de Georges. Il regarda la cuillère puis se mit à picorer.

— *Cocoricouac !* coqueriqua le coq en bondissant dans le ciel, puis en retombant sur ses pattes.

— Regardez bien maintenant ! hurla le père Gros Bouillon. Il va bientôt devenir un géant !

Tous les trois fixaient attentivement le jeune coq noir. Ce dernier ne bougeait pas. Il semblait simplement avoir la migraine.

— Vous avez vu son cou ? demanda Mme Bouillon.

— Il s'allonge, répondit Georges.

— Pour s'allonger, il s'allonge, renchérit Mme Bouillon.

M. Bouillon, lui, pour une fois, ne disait rien.

— La dernière fois, poursuivit Mme Bouillon, c'étaient les pattes ! Cette fois, c'est le cou. Qui achèterait un poulet tout en cou ? On ne se nourrit pas de cou de poulet !

Le spectacle était extraordinaire. Le corps du jeune coq ne s'était pas du tout remplumé, mais son cou mesurait déjà deux mètres.

— Eh bien, Georges, fit M. Bouillon dépité. Qu'as-tu oublié d'autre ?

— Je ne sais pas, répondit Georges.

— Si, tu le sais, riposta M. Bouillon. Réfléchis, fiston. Tu as sans doute oublié l'ingrédient le plus important.

— J'avais pris de l'huile au garage, dit Georges. Est-ce que tu l'as noté sur ta liste ?

— Eurêka ! s'écria M. Bouillon. Voilà la solution ! Combien en as-tu mis ?

— Un quart de litre, répondit Georges.

M. Bouillon se précipita vers le garage.

— Et un peu d'antigel ! lui cria Georges.

La potion magique numéro quatre

De retour dans la cuisine, M. Bouillon, très inquiet, regarda son fils vider le quart d'huile et un peu d'antigel dans l'énorme chaudron.

— Il faut remuer ! cria M. Bouillon. Bouillir et remuer !

Georges obéit.

— Tu n'y arriveras pas, Georges, dit Mme Bouillon. Tu as mis les mêmes ingrédients que la première fois, mais peut-être pas dans les mêmes proportions. Et comment y arriver ?

— Ne t'occupe pas de ça ! cria M. Bouillon. Ça marchera cette fois, tu verras.

Après quelques gros bouillons, la potion magique numéro quatre était prête. Georges en remplit une pleine tasse et courut dans la cour. Suivi par son père, puis par sa mère qui disait :

— Si tu continues ainsi, Georges, nous allons avoir un cirque au lieu d'un basse-cour !

— Mais dépêche-toi, Georges ! s'époumonait M. Bouillon. Une dose pour cette poule brune !

Georges s'agenouilla et tendit une cuillerée de sa nouvelle potion.

— Petit, petit, petit, fit-il. Goûte un peu...

La poule brune s'approcha, regarda la cuillère et picora.

— *Ouèche !* caqueta-t-elle.

Puis son bec se mit à siffler d'une drôle de façon.

— Regardez, elle grandit ! cria M. Bouillon.

— Tu es trop sûr de toi, dit Mme Bouillon. Pourquoi siffle-t-elle ainsi ?

— Tais-toi ! dit M. Bouillon. Attends un peu !

Tous les trois observèrent attentivement la poule brune.

— Elle rapetisse, dit Georges. Regarde, papa. Elle se ratatine !

En effet. En moins d'une minute, la poule s'était tellement ratatinée qu'elle était devenue à peine plus grosse qu'un poussin. Elle était ridicule.

Adieu Grandma !

— Tu as encore oublié quelque chose ! s'écria M. Bouillon.

— Je ne vois pas, dit Georges.

— Abandonne, mon fils, dit Mme Bouillon. Arrête ! Tu n'y arriveras jamais.

M. Bouillon était complètement déconfit.

Georges, lui, en avait assez. Il était toujours agenouillé avec sa cuillère d'une main et sa tasse de l'autre. La ridicule et minuscule poule brune s'éloignait lentement.

A ce moment-là, Grandma traversa la cour à grands pas. De toute sa hauteur, elle lança un regard furibond aux trois petits êtres au-dessous d'elle.

— Que se passe-t-il ? tonna-t-elle. Pourquoi ne m'a-t-on pas apporté mon petit déjeuner ? C'est déjà malheureux de dormir dans une grange au milieu de rats et de souris. En plus, si je dois mourir de faim, que le diable m'emporte ! Pas de thé ! Pas d'œuf ! Pas de bacon ! Pas de tartine beurrée !

— Je suis désolée, mère, dit Mme Bouillon. Nous avons été très occupés. Je vais te préparer ton petit déjeuner.

— Non, c'est le travail de Georges, cet affreux petit paresseux ! cria Grandma.

A l'intant même, la vieille femme aperçut la tasse que tenait Georges. Elle se courba et y jeta un coup d'œil. Elle vit que la tasse était pleine d'un liquide brun, qui ressemblait à du thé.

— Oh ! oh ! Ah ! ah ! fit-elle. Voilà à quoi

tu joues ? Tu ne t'intéresses qu'à toi ! Toi, tu es sûr d'avoir ton petit déjeuner ! Mais tu ne penses même pas à ta pauvre vieille Grandma ! Tu n'es qu'un sale petit égoïste, je le savais bien.

— Non, Grandma, protesta Georges. Ce n'est pas...

— Pas de bobards, petit ! vociféra la vieille sorcière géante. Donne-moi cette tasse immédiatement.

— Non ! cria Mme Bouillon. Non, mère, ne la bois pas ! Ce n'est pas pour toi !

— Toi aussi, tu es contre moi ! hurla Grandma. Ma propre fille, qui veut m'empêcher de prendre mon petit déjeuner et souhaite que je meure de faim !

M. Bouillon leva les yeux vers l'horrible mégère.

— Bien sûr qu'elle est pour toi, Grandma, dit-il d'un air doucereux. Bois ton thé tant qu'il est bien chaud !

— Sûr que je vais le boire ! dit Grandma en tendant son énorme main calleuse. Va, donne, Georges.

— Non, non, Grandma ! cria Georges en éloignant la tasse de potion. Il ne faut pas ! Tu ne dois pas goûter ça !

— Donne-moi cette tasse, que diable ! hurla Grandma.

— Non ! cria Mme Bouillon. C'est la potion de Georges...

106

— On dirait que tout appartient à Georges depuis hier, brailla Grandma. Georges a ceci, Georges a cela ! J'en ai ras le bol de Georges !

Elle arracha la tasse des mains de Georges.

— Bois, Grandma, dit M. Bouillon avec un large sourire. C'est du bon thé, ça !

— Non, non, nooon ! hurlèrent Georges et sa mère.

Trop tard, la vieille grande perche avait déjà porté la tasse à ses lèvres et avalé une gorgée.

— Mère ! gémit Mme Bouillon. Tu viens d'avaler cinquante doses de la potion magique numéro quatre. Regarde ce qu'une seule dose a fait à cette petite poule brune !

Mais Grandma n'entendait rien. Sa bouche crachait d'épais nuages de vapeur. Puis elle commença à siffler.

— Ça devient intéressant ! dit M. Bouillon, souriant de plus belle.

— Tu n'aurais jamais dû faire ça ! cria

Mme Bouillon, furieuse. Tu as réglé son compte à ma mère !

— Moi ? Je n'ai rien fait ! protesta M. Bouillon.

— Oh, si ! Tu lui as dit de boire la tasse !

Un abominable sifflement retentit au-dessus de leurs têtes. Grandma crachait de la vapeur par la bouche, par le nez et par les oreilles.

— Elle se sentira mieux quand elle aura craché son venin, dit M. Bouillon.

— Elle va exploser ! gémit Mme Bouillon. Comme une Cocotte-Minute !

— Calme-toi ! dit M. Bouillon.

Georges, lui, était affolé. Il se leva et

recula de quelques pas. Les jets de vapeur blanche jaillissaient de la tête décharnée de la vieille sorcière, et le sifflement strident crevait les tympans.

— Police secours ! Pompiers ! criait Mme Bouillon. Vite, une lance à incendie !

— Trop tard, dit M. Bouillon ravi.

— Grandma, s'écria Mme Bouillon. Mère, cours à l'abreuvoir et plonge la tête sous l'eau !

Mais le sifflement s'était arrêté. Le jet de vapeur, aussi. Alors, Grandma commença à se ratatiner. Sa tête, qui avait atteint la hauteur du toit de la ferme, descendait...

— Une bonne leçon pour toi, Georges ! s'écria le père Gros Bouillon tout agité. Regarde ce qui arrive lorsqu'on prend cinquante doses au lieu d'une !

Très rapidement, Grandma reprit sa taille normale.

— Arrête, mère ! suppliait Mme Bouillon.
C'est bon, maintenant.

Mais Grandma ne s'arrêtait pas. Elle
devenait de plus en plus petite. Bientôt, elle
ne fut pas plus haute qu'une bouteille de
limonade.

— Comment vas-tu, mère ? demanda
Mme Bouillon, inquiète.

Le minuscule visage de Grandma gardait
toujours son expression de fureur et de

méchanceté. Ses yeux, gros comme des
trous de serrure, jetaient des éclairs de rage.

— Comment je me sens ? piailla-t-elle.
Qu'est-ce que tu imagines ? Comment te
sentirais-tu, à ma place ? Il y a une minute,
j'étais une magnifique géante et maintenant
je ne suis plus qu'une misérable naine !

— Elle continue ! s'écria allégrement M. Bouillon. Elle se ratatine encore !

Et diable, c'était la vérité.

Quand Grandma atteignit la hauteur d'une cigarette, Mme Bouillon la prit dans sa main.

— Que faire pour l'empêcher de rapetisser ? criait-elle.

— Il n'y a rien à faire, dit M. Bouillon. Elle a pris cinquante doses.

— Il faut que je fasse quelque chose !

gémit Mme Bouillon. Elle est si petite que je ne la vois presque pas !

— Tire-lui les pieds et la tête ! dit M. Bouillon.

Mais déjà, Grandma avait la taille d'une épingle...

Puis, celle d'une graine de citrouille.

Puis...

Puis...

— Où est-elle passée ? demanda Mme Bouillon. Je l'ai perdue !

— Hourra ! s'écria M. Bouillon.
— Elle est partie, elle a disparu complètement ! cria Mme Bouillon.

— C'est ce qui arrive aux gens qui ont mauvais caractère et ronchonnent tout le temps, dit M. Bouillon. Sacrée potion, Georges !

Georges, lui, ne savait pas quoi penser.

Pendant quelques minutes, Mme Bouillon se mit à errer dans la cour, le visage défait, en répétant :

— Mère, où es-tu ? Où es-tu passée ? Où es-tu allée ? Comment te retrouver ?

Mais elle se calma vite. A midi, elle répétait :

— Au fond, c'est peut-être mieux ainsi. Elle nous dérangeait un peu dans la maison.

— Tu l'as dit ! renchérit M. Bouillon. C'était une enquiquineuse !

Georges, lui, se taisait. Il frissonnait encore. Ce matin-là, un événement extraordinaire s'était produit. Pendant quelques brefs instants, Georges avait touché du bout des doigts la frontière d'un monde magique.

table

COLLECTION FOLIO JUNIOR

DÉJÀ PARUS

Coué, Jean
Kopoli le renne guide
L'homme de la rivière Kwaï

Dahl, Roald
Charlie et la chocolaterie
Charlie et le grand ascenseur de verre
Les deux gredins
L'enfant qui parlait aux animaux
Fantastique Maître Renard
James et la grosse pêche
La potion magique de Georges Bouillon

Daudet, Alphonse
La dernière classe et autres contes du lundi
Lettres de mon moulin
Tartarin de Tarascon

Déon, Michel
Thomas et l'infini

Dhôtel, André
L'enfant qui disait n'importe quoi

Dickens, Charles
La vie de N.-S. Jésus-Christ
Le grillon du foyer

Dumas, Alexandre
Histoire d'un casse-noisette

Escoula, Yvonne
Six chevaux bleus

Fallet, René
Bulle, ou la voix de l'océan

Faulkner, William
L'arbre aux souhaits

Fon Eisen, Anthony
Le prince d'Omeya

Forsyth, Frederik
Le berger

Frère, Maud
Vacances secrètes

Gamarra, Pierre
Six colonnes à la une

Garrel, Nadine
Au pays du grand condor

Golding, William
Sa majesté des mouches

Gordon, Donald
Alerte à Mach 3

Grandville
Scène de la vie privée et publique des animaux
1) Peines de cœur d'une chatte anglaise
2) Un renard pris au piège

Grimm
Hans-mon-hérisson
et treize autres contes
Les trois plumes
et douze autres contes

Gripari, Pierre
La sorcière de la rue Mouffetard *et autres contes de la rue Broca, t. I*
Le gentil petit diable *et autres contes de la rue Broca, t. II*

Guillot, René
Contes de la brousse fauve
Sama prince des éléphants

Halévy, Dominique
L'enfant et l'étoile

Hatano Isoko et Hatano Ichirô
L'enfant d'Hiroshima

Held, Jacqueline
Le chat de Simulombula

Hemingway, Ernest
Le vieil homme et la mer

Hickok, Lorena
L'histoire d'Helen Keller

Folio Junior, c'est aussi cinq séries :
Poésie, Énigmes, Légendes, Science-Fiction et Bilingue.

COLLECTION FOLIO JUNIOR

**Folio Junior, c'est aussi cinq séries :
en Poésie, Bilingue, Enigmes, Légendes et Science-Fiction.**

Série en poésie

Des thèmes

Adolescence en poésie
poèmes choisis et présentés
par Christian Poslaniec et Dominique Verdier

Les animaux sauvages en poésie
poèmes choisis et présentés
par Jacques Charpentreau

L'arbre en poésie
poèmes choisis et présentés
par Georges Jean

L'amour et l'amitié en poésie
poèmes choisis et présentés
par Georges Jean

La campagne en poésie
poèmes choisis et présentés
par Georges Jean

L'eau en poésie
poèmes choisis et présentés
par Coline Poirée

Le fantastique en poésie
poèmes choisis et présentés
par Jacques Charpentreau

Fenêtres en poésie
poèmes choisis et présentés
par Jean Delaite

La fête en poésie
poèmes choisis et présentés
par Jacques Charpentreau

Les fleurs en poésie
poèmes choisis et présentés
par Françoise Joly

La gourmandise en poésie
poèmes choisis et présentés
par Marc Meunier-Thouret

La liberté en poésie
poèmes choisis et présentés
par Georges Jean

La maison en poésie
poèmes choisis et présentés
par J.M. Le Sidaner

La mer en poésie
poèmes choisis et présentés
par Vincent Besnier et Pierre
Marchand

La montagne en poésie
poèmes choisis et présentés
par Michel Cosem

La musique en poésie
poèmes choisis et présentés
par Marc Meunier-Thouret

La nuit en poésie
poèmes choisis et présentés
par Jean-Pierre Begot

Les oiseaux et les animaux de l'air en poésie
poèmes choisis et présentés par Jacques Charpentreau

Paris en poésie
poèmes choisis et présentés par Marc Meunier-Thouret

Le rêve en poésie
poèmes choisis et présentés par Jean-Pierre Begot

Le rire en poésie
poèmes choisis et présentés par Jacques Charpentreau

Le temps et les saisons en poésie
poèmes choisis et présentés par Jacques Charpentreau

La ville en poésie
poèmes choisis et présentés par Jacques Charpentreau

Les voyages en poésie
poèmes choisis et présentés par Georges Jean

Des régions

La Bretagne en poésie
poèmes choisis et présentés par Jean-Pierre Foucher

Des pays

L'Allemagne en poésie
poèmes choisis et présentés par Rémi Laureillard

L'Angleterre en poésie
poèmes choisis et présentés par Frédéric Ferney

Des époques

L'Antiquité en poésie
poèmes choisis et présentés par Alain Coelho

Le Moyen Age en poésie
poèmes choisis et présentés par Hélène Pageot et Jean-Pierre Foucher

Des poètes

Guillaume Apollinaire un poète
poèmes choisis et présentés par Patrick Jusserand

Robert Desnos un poète
poèmes choisis et présentés par Michel Cosem

Victor Hugo un poète
poèmes choisis et présentés par Arnaud Laster

Prévert un poète
poèmes choisis et présentés par Arnaud Laster

Raymond Queneau un poète
poèmes choisis et présentés par François Caradec

Arthur Rimbaud un poète
poèmes choisis et présentés par Michel Contat

Jean Tardieu un poète
poèmes choisis et présentés par J.M. Le Sidaner

Paul Verlaine un poète
poèmes choisis et présentés par Denise et Louis Forestier

Série Bilingue

Bleun Brug
Le cheval aveugle
bilingue breton

Charlon, Anne
Les jardins de l'Alcazar
bilingue espagnol

Duvignaud, Françoise
Lettres d'Angleterre
bilingue anglais

Vers l'île au trésor
bilingue anglais (débutants)

El Hiny H./Boukhris K.
Le lièvre et l'éléphant
bilingue arabe

Giordan H./Lacroix J.
Le hautbois de neige
bilingue occitan

Laureillard, Rémi
Le tailleur d'Ulm
bilingue allemand

Léglise Costa, Pierre
La princesse guenon
bilingue portugais

Série Enigmes

Boileau/Narcejac
Sans-Atout contre l'homme à la dague
Sans-Atout et le cheval fantôme
Les pistolets de Sans-Atout

Conan Doyle, sir Arthur
La main brune
Les cinq pépins d'orange

Green, Julien
La nuit des fantômes

Lindgren, Astrid
L'as des détectives

Poe, Edgar
Double assassinat dans la rue Morgue, suivi de
La lettre volée

Le scarabée d'or
Le sphinx

Solet, Bertrand
Un tambour dans la nuit

Stevenson, Robert Louis
Le diamant du rajah

Twain, Mark
Une aventure de Tom Sawyer détective

Vernières, François
L'affaire Mister John
Enquête sur la grand-côte

Véry, Pierre
Les disparus de Saint-Agil
L'assassinat du Père Noël

Série Légendes

Deux grains de grenade
contes du Maghreb recueillis
par J. Scelles-Millie

La fille du prince de Bakhtan
contes égyptiens présentés
par G. Maspéro

L'honnête commis Tchang
contes chinois présentés par
André Lévy

La saga d'Eric le Rouge
contes nordiques présentés
par C.G. Bjurström

Légende des Niebelungen
légende germanique présentée par C. Mettra

Le singe et la grenouille
légendes de Bali présentées
par M.T. Berthier et J.T.
Sweeney

Chrétien de Troyes
Lancelot le chevalier à la charrette
Yvain, le chevalier au lion

Gougaud, Henri
La rue du puits qui parle
contes de Paris

Hugo, Victor
BlIgger le fléau
légendes du Rhin

Jakez Hélias, Pierre
L'esprit du rivage
légendes de la mer

Jaloux, Edmond
Le coche fantôme
histoires de fantômes
anglais

André Mary
Le bel inconnu

Série Science-fiction

Présentée par Christian Grenier

Collectifs :

Dans la comète
Journal d'un monstre
La montagne sans nom
La lune était verte
Le brouillard du 26 octobre
**L'homme qui n'oubliait
jamais**
L'horreur tropicale
Un coup de tonnerre
Un homme contre la ville

Grimaud, Michel
Le tyran d'Axilane

Lem, Stanislas
Le bréviaire des robots

Sohl, Jerry
**L'invention du professeur
Costigan**, t. I
**Les robinsons d'un autre
monde**, t. II

Wul, Stefan
Niourk

Achevé d'imprimer
le 8 avril 1987
sur les presses de
l'Imprimerie Hérissey
à Évreux (Eure)

N° d'imprimeur : 42367
Dépôt légal : Avril 1987
1ᵉʳ dépôt légal dans la même collection : Janvier 1982
ISBN 2-07-033215-2

Imprimé en France

40673